2024. 4

이야기가 박동을 멈추지 않도록.

루카스

루카스

이문영

위즈덤하우스

차례

119 구급대원들이 응급실로 스트레처카를 밀고 들어왔다.

심정지 환자였다.

대원들이 환자의 가슴을 압박하고 입에 산소를 흘려 넣으며 뛰었다.

연락을 받고 대기하던 의료진들이 환자를 인계받아 뛰었다.

의사가 뛰었다.

간호사들이 뛰었다.

기계들도 따라 뛰었다.

응급구조사 애진 역시 뛰었다.

뛰어야 다시 뛰게 할 수 있었다.

너무 흔해서 존재하지 않는 이야기들이 있다.

대부도에서 발생한 사고라고 구급대는
전했다. 환자는 40대 후반의 남성이었다. 술을
마신 뒤 수심 얕은 펜션 수영장에서 다이빙을
하다가 바닥에 머리를 부딪혔다고 했다.
병원에 도착하기 전부터 심장은 멈춰 있었다.
애진이 루카스* 아래 눕혀진 환자의
상의를 잘랐다. 일렉트로드**를 가슴에 붙이고
심장 리듬과 맥박을 확인했다. 전기충격을
줘야 하는 리듬인지 주지 말아야 하는
리듬인지 빠르게 판단했다. 심전도에서

•   Lucas, 자동 흉부 압박기.
••   Electrode, 심전도 전극 패치.

리듬은 보였지만 맥박이 없었다. 피이에이˙
였다. 전기충격 없이 루카스로 흉부를
압박했다. 2000여년 전 신의 아들을 따라
순교했던 이방인 의사가 오늘날 기계의
이름으로 부활해 남자의 심장을 눌렀다.
당직의가 기관내삽관을 했다. 애진이
어시스트했다.

　"3분마다 에피 원 앰플 주세요."

　의사가 기도를 확보하며 버벌 오더(verbal
order)를 내렸다.

　"에피 원 앰플 줄게요."

　간호사가 환자의 혈관을 잡고
에피네프린˙˙을 투여했다. 애진은 루카스의
움직임을 주시하며 6초 간격으로 앰부백˙˙˙을

- ˙　Pulseless Electrical Activity, 무맥성 전기활동.
- ˙˙　epinephrine, 심정지 대응 응급 약물.
- ˙˙˙　AMBU bag, 수동식 인공호흡기.

짰다.

심폐소생술(CPR)은 긴박하되 오차 없이 움직여야 했다. 생명은 한순간의 방심만으로 소멸할 수 있었다. 한순간의 방심 없이도 얼마든지 꺼질 수 있는 것 또한 생명이었다.

"3분 에피 줄게요."

에피네프린을 추가 주사한 간호사가 매직펜으로 병상 빈자리에 휘갈겨 썼다.

"3+"•

차팅•• 담당 간호사가 투약 내용을 키보드로 입력하는 소리가 들렸다.

"6분 에피 줄게요."

간호사가 다시 1밀리그램을 투약한 뒤 '6+'를 적었다.

• 　보통 1밀리그램씩 3분 단위로 투약하는 에피네프린은 투약 횟수가 더해질 때마다 간호사가 환자의 병상 등에 메모하며 실수를 막는다.

•• 　charting, 간호기록.

키보드가 뒤따라 타다닥 울었다.

사람 살리는 소리로 가득했다. 루카스가
가슴을 누르며 오르내리는 소리와, 간호사가
에피네프린 투약을 알리는 소리와, 컴퓨터
자판을 두드리는 소리와, 삽관 뒤 청진기로
듣는 폐의 숨소리가 긴장 속에서 팽팽했다.

9, 12, 15, 18……

플러스 기호를 불려가던 숫자가 21에
이르렀을 때 남자의 심장이 미약한 박동
소리를 보냈다. 심장을 죽음에 넘겨주지 않은
의료진들이 눌렀던 숨을 터뜨렸다. 뛰는
심장을 확인하는 애진의 심장도 뛰고 있었다.
마지막까지 삶을 포기하지 않은 심장이
고마웠다.

애진은 안도하면서도 걱정했다. 되돌아온
박동이 얼마나 오래 지속될지 알 수 없었다.
박동이 돌아왔다고 삶까지 돌아오는 것은
아니었다.

심정지의 골든타임은 4분이었다.
대부도에는 시피알 장비를 갖춘 병원이
없었다. 애진의 병원까지 옮겨지는 데만
20분 이상 걸렸다. 구급대원들이 의료
지도*를 받으며 최선의 처치를 했다 해도
앰뷸런스보다 빨리 달리는 시간을 따라잡을
순 없었다. 심장이 이송되는 사이 뇌 손상은
불가피했다. 충돌로 목이 골절됐고 신경
손상도 심했다. 심장이 계속 뛰더라도
회복되긴 힘들 것이라고 애진은 예상했다.
심정지 환자의 경과를 낙관하기란 박동을
되돌리는 것만큼이나 버거운 일이었다.
　　애진의 옷이 물과 땀과 피로 축축했다.
환자의 피를 닦은 거즈와 피를 씻어낸
물이 시피알룸 바닥에 붉게 고여 있었다.

•　병원 이송 과정에서 응급의학과 전문의들이 전화나 화상
통화 등으로 구급대원들의 응급처치를 돕는 행위.

주사기들은 탄피처럼 흩뿌려져 있었다.

전쟁이었지만 사람 살리는 전쟁이 지나간

자리에는 승패 없는 사투의 흔적이 남았다.

환자의 기록을 정리하는 틈에 애진이 뉴스를

검색했다. 남자의 사고는 뉴스가 되는 사건이

아니었다.

더는 말하고 싶어 하지 않는 이야기들을

생각한다.

응급실에선 시간도 뛰어다녔다.

징검다리 건너듯 보폭을 넓혀 성큼성큼

달아났다. 날 서 있던 공기가 한풀 가라앉았을

땐 한밤중이 돼 있었다.

"뭔가 큰일이 벌어졌나 봐."

간호사 언니의 놀란 목소리가 들렸다.

이상한 영상들이 돌고 있었다. 수많은

사람들이 모자이크도 입지 못한 모습으로

도로 위에서 심폐소생술을 받고 있었다.

방금 시피알을 끝낸 애진이 영상 속 시피알 장면에 충격을 받았다. 시피알이 일상인 애진으로서도 처음 보는 집단 시피알이었다.

거리 전체가 거대한 응급실이었다. 잠깐은 영화의 한 장면인 줄 알았고, 다음엔 외국에서 발생한 일일 거라 짐작했다. 화면 저편에서 한글 간판들이 환한 빛을 쏘고 있었다. 나쁜 의도로 제작된 합성 영상일지도 모른다고 생각했다. 한국 땅에서 실시간으로 벌어지는 현실이라곤 믿기지 않았다.

4분.

인도와 차도의 구분 없이 길이 꽉 막혀 있었다. 구급차는 진입할 수도 빠져나갈 수도 없어 보였다. 저 길을 뚫고 병원으로 옮겨지면 심장은 되살아날 수 있을까. 심장이 다시 뛰면 삶도 다시 뛰어줄까. 대부도에서 실려 온 환자의 심장 리듬이 머릿속에서 어른거렸다.

애진이 손목시계를 내려다봤다. 의미 없어진 문장을 목구멍으로 밀어 넣었다.

심정지의 골든타임은 4분.

너무 비현실적이어서 오히려 낯설지 않았다. 그날 애진이 응급실에 있었던 것도 현실로 인정하고 싶지 않았던 8년 전 그 현실 때문이었다. 휴대폰 생중계 카메라 앞에서 사람들이 질식해가는 화면 위로, 방송사 생중계 카메라 저편에서 배가 침몰하던 그날의 장면이 겹쳐졌다.

안 돼.

애진의 심장에서 비명이 터졌다.

그렇게 가만히 있으면 안 돼.

서울 도심 한복판으로 남쪽 바다의 거센 파도가 들이쳤다.

도시에서도, 바다에서도, 모두 꽉 끼어 움직이지 못해 발생한 일이었다.

박동이 멈춘 이야기들 위로 두 손을 포개
올린다.

"가만히 있으세요."

선내 방송에서 그 소리가 들렸을 땐 몸이
배 한쪽으로 쏠려 내려간 뒤였다. 애진은 배의
꼬리 쪽 4층 다인실에서 2학년 1반 친구들
사이에 누워 있었다. 처음 가는 제주였다.
안개가 짙게 끼어 출항이 지연되고 있다는
말을 전날 인천항에서 들었을 때 사진과
영상으로만 봤던 제주 바다가 더 간절해졌다.
그 맑고 푸른 바다에 친구들과 있으면 뭘
하든 신날 것 같았다. 항구를 떠난 배가 안개
깊숙이 빨려 들어가고 있을 때도 곧 만날 그
바다를 떠올리면 눈앞의 뿌옇고 흐린 바다는
견딜 만했다. 음악 수행평가로 친구들과 노래
연습을 하고 있을 때 배가 기울기 시작했다.
가만히 있으세요. 그 말에 꽉 끼어 오랫동안

움직이지 못했다.

이야기가 다시 뜀 때까지 반복해서 압박한다.

어느 대목에선가 기억이 끊겼다.

객실 바닥에 둔 휴대폰들이 몸과 함께
쓸려 내려가 한데 섞여 있었다. 물에 젖으면
감전될지도 몰라 서둘러 충전기 콘센트를
뽑았다. 구명조끼를 꺼내 입은 뒤 친구들과
서로 휴대폰을 찾아줬다. 각자 부모님에게
전화를 걸었다. 애진도 아빠에게 전화했다.
아빠는 "갑판으로 나가라"고 했다는데 애진은
기억나지 않았다. 객실 밖에 있던 친구가
무섭다며 안으로 들어오다 미끄러져 다쳤다.

이제 그만하자는 말이 나오는 순간 이야기의
골든타임은 끝난다.

군데군데 기억의 공백이 있었다.

벽은 바닥이 돼 있었다. 칸막이 역할을
하던 캐비닛들이 도미노 조각들처럼 쓰러져
있었다. 창밖에서 헬리콥터 소리가 들렸고
못 보던 배들이 눈에 띄었다. 물이 종아리로
차올랐다. 애진이 울었다. 친구들이 달렸다.
친구들이 울었다. 애진이 달렸다.

때를 놓친 이야기는 숨은 쉬어도 회복되진
않는다.

충격이 기억의 마디마디를 잘라냈을 수도
있었다.

배가 완전히 옆으로 누워 있었고 객실
출입구는 머리 위로 가 있었다. 밟고 선
캐비닛 상단까지 물이 차 있었다. 먼저
빠져나간 친구가 위에서 손을 내밀었다.
애진이 친구의 손을 잡고 출입구 밖으로

몸을 밀어 올렸다. 친구들과 복도 벽을 밟고
비상구까지 나아갔다. 해경이 뛰어내리라고
소리쳤다. 거대한 배도 삼키는 무서운
바다였다. 망설이고 있을 때 파도가 들이쳤다.
애진은 버텨냈지만 쓸려 나간 친구가
있었는지도 몰랐다. 뛰어내릴 것도 없었다.
발 앞이 바다였다. 애진이 바다로 한 걸음
내디뎠다. 애진은 배 안에서 꺼내지는 대신
스스로 빠져나왔다. 걸어 들어간 바다에서
다만 건져졌을 뿐이었다. 그것을 '구조'라 부를
순 없다고 애진과 살아남은 친구들은 믿었다.
그들은 살아남았으나 구조되진 못했다.
그들은 '탈출'했다.

두근대지 않는다고 심장을 포기할 수 없는
것처럼 듣기 지겹다고 그 이야기를 그만둘 순 없다.

비어 있는 기억들 사이에 선명한 기억이

하나 있었다.

비상구를 찾아 복도를 통과하던 자신의
모습이었다. 그 복도에서 애진은 뒤돌아볼 틈
없이 서두르고 있었다. 친구들을 지나치던
그때 애진이 하지 못한 말이 있었다. 복도에
남아 구조를 기다리던 친구들에게 '그 말'을
했어야 한다는 후회가 애진을 오래 괴롭혔다.
탈출 뒤 애진은 한동안 배에서 탈출하는 꿈을
자주 꿨다. 배들은 계속 침몰했고, 애진은
계속 탈출했는데, 배는 언제나 그 배가
아니었다. 꿈에서도 애진은 구조되지 못해
탈출했고, '그 말'을 받아줄 친구들이 배엔
없었다.

가위에 눌려 몸이 떨리고 굳던 날의 이야기부터
해보자.

꿈에서 탈출하려고 안간힘을 쓰고 있을

때 한 여자의 모습이 보였다. 몇 시간 전
응급실에서 심폐소생술을 받은 환자였다.
응급실에서 그를 봤을 때도 애진의 몸은
떨리고 굳었었다. 여자의 몸엔 복수가 가득 차
있었다. 선배 의료진의 심폐소생술을 대학교
응급구조학과 실습생 애진은 덜덜 떨며
지켜봤다. 시피알로 심장이 살아났던 환자가
그날 밤 애진의 꿈에 나타났다.

　꿈에서 애진은 내내 가위에 쫓겨 다녔다.
힘들게 꿈을 떨쳐내고 다시 잠들면 사라졌던
가위도 되돌아왔다. 깨고 쫓기고 깨고
쫓기기를 반복했다. 쫓아오는 것이 여자인지
가위인지 분명치 않았다. 처음부터 여자가
가위였던 것인지 여자가 어느 순간 가위가
된 것인지 경계가 뭉개졌다. 가위가 여자를
삼켜 가위로 만든 것일 수도 있었다. 그것이
무엇이든 왜 자신을 쫓아오는지 애진은
쫓기면서도 이해할 수 없어 억울했다. 꿈에서

빠져나온 뒤에도 꿈의 잔상에서 놓여나지
못해 계속 가위에 눌려 있는 것만 같았다.

　이튿날 아침 병원에 출근했을 때 여자의
보호자를 급히 찾는 원내 방송이 들렸다.
방송을 듣고 달려가는 할머니가 보였다.
불편한 다리로 뛰는 듯 걸으며 할아버지가
뒤따랐다. 여자가 숨을 거뒀다는 소식이 잠시
뒤 응급실로 전해졌다. 여자의 이야기는
그렇게 간단히 끝났다. 그 끝에 이르기까지
여자가 거쳐온 간단치 않을 시간을 애진이 알
순 없었다.

　장례식장에 가본다.
　가서 빈소 밖을 서성였다고 해보자.
　할머니와 할아버지가 조문객 없는 장례식장을
지키고 있다.
　그들 얼굴 위로 자식을 먼저 보낸 엄마들과
아빠들의 얼굴이 겹친다.

상주로 여자의 딸 이름이 올라 있지만 빈소엔 보이지 않는다.

어린 딸은 엄마의 사망을 알지 못한 채 어린이집 소풍을 갔는지 모른다.

빈소에 오기 전 할머니가 울며 싼 김밥을 귀여운 가방에 넣어 어린이집에 데려다줬는지도 모른다.

여자는 복수가 차도록 아프면서도 자신의 탓으로 알고 일했는지 모른다.

회사는 그의 병이 그가 하던 일과 무관치 않다는 사실을 숨겼는지도 모른다.

회사에서 보낸 화환이 있지만 그 회사 직원인 듯한 사람들은 보이지 않는다.

오래된 영화를 보면 잘 알지도 못하는 사람의 꿈에 머리 풀어헤치고 찾아오는 유령들이 있다.

억울한 일을 당했다거나, 그래서 원수를 갚아달라거나, 그렇게라도 해야 할 이야기가 있을 때, 유령들은 말도 없이 나타났다 사라지곤 했다.

마지막 경우라고 하자.

겁먹은 얼굴로 시피알을 참관하던 실습생의 꿈에 출몰해서라도 여자가 남겨야 했던 이야기가 있었다고 하자.

아무도 그의 죽음을 알은체하지 않아 여자는 내 꿈에라도 찾아올 수밖에 없었다고 하자.

그의 마지막 말을 들어줄 사람이 나 말곤 아무도 없었다고 하자.

그렇게 시작해보자.

말이 없었다.

꿈에서 여자는 입을 꽉 다물고 애진을 쫓아오기만 했다. 여자가 남기고 싶었던 것은 말이 아니라 감각일지도 모른다고 애진은 생각했다. 여자는 애진이 만난 첫 심정지 환자였다. 멈춘 심장을 처음 본 충격 때문일 거라고 애진은 시피알룸에서처럼 꿈에서도 몸이 떨리고 굳었던 이유를 추측했다.

그가 꿈속까지 찾아와 되살리고 간

감각을 애진은 모르지 않았다. 꿈에서조차
몸이 반응할 만큼 무서운 감각이었지만
생소한 감각은 아니었다. 그 바다를 겪지
않았더라도 죽음 앞에서 몸이 굳고 떨리는
것은 자연스러운 일이었으나 애진이 '살리는
사람'이 되고 싶었던 이유는 공포와 추위로
몸이 굳고 떨렸던 그 바다에서의 감각
때문이었다.

서거차도에서 애진이 굳은 몸으로
떨고 있을 때였다. 바다에서 건져져 섬으로
옮겨진 애진은 한 주민의 집에서 그 바다의
냉기와 싸우고 있었다. 처음 본 섬 주민들이
생존자들을 집으로 데려가 옷과 담요를
내줬다. 허기를 달래고 속을 덥히라며 뜨거운
라면도 끓여 건넸다. 애진과 생존 학생들은
라면을 먹으며 티브이 화면을 주시했다.

"전원 구조."

생방송 뉴스 속보에 깔린 자막을

애진은 그때 봤다. 그 자막이 뜰 만한 구조
활동이었는지엔 의구심이 들었지만 애진은
마음을 다해 자막이 사실이길 바랐다.

애진은 섬에서 생존자들을 치료하는
응급구조사를 눈에 담고 있었다. 입술이
찢어지고 발목을 다친 친구에게 응급처치를
해주던 구조사가 있었다. 그의 모습이
애진에게 깊이 남았다.

애진이 생존자들과 진도로 이동하고 있을
때 속보가 정반대의 자막을 띄웠다.

"추가 사망 확인."

배가 뒤집히듯 순식간에 뒤집힌 사실을
애진은 받아들일 수 없었다. 사실이 뒤집혔을
때 진실은 어디에서 건져 올려야 할지 몰라
혼란스러웠다.

친구들이 구조되지 못한 까닭을 찾아가는
동안 애진은 섬에서 본 응급구조사들을
자주 떠올렸다. 초기 대응만 제대로 했어도

친구들은 살아 있을 것이란 생각이 그의
진로를 바꿨다. 진학을 원했던 유아교육학과
대신 응급구조학과를 지원했다. 애진에게
응급구조사는 생명의 위기 상황에서 초기
대응을 하는 사람이었다. 소중한 친구들을
잃은 그는 다신 누구도 잃고 싶지 않았다.
대학을 졸업할 때 애진이 종이 한 장을 손에
쥐었다.

제1급 응급구조사 자격증.

응급의료에 관한 법률 제36조에 근거해
보건복지부 장관이 발급한 종이. 그 바다에서
애진이 필사적으로 건져 올린 무거운 자격.

배에서 구조되지 못한 애진은 그렇게
구조하는 사람이 됐다. 탈출 5년 만이었다.
생사가 나뉘는 맨 앞자리에서 자기 자리를
찾은 그가 박동을 잃은 심장들과 대면했다.
애진이 심폐소생술을 할 때마다 오른쪽
팔목에서 노란 리본이 함께 움직였다. 리본

타투는 다짐과 약속을 새긴 것이기도 했지만 감각을 새긴 것이기도 했다. 몸에 새겨서라도 애진은 그 감각을 붙잡고 싶었다.

첫 감각.

잊어선 안 되는 그 감각.

망각 깊이 가라앉은 이야기가 흉부 압박 한두 번으로 숨을 쉬진 않는다.

"또 심정지예요."

애진이 외치며 병상으로 뛰어올랐다. 하나 둘 셋 넷 다섯 여섯……. 손에 손을 올려 환자의 가슴을 눌렀다.

구급차에 실려 온 70대 남성이었다. 도착했을 때 눈은 뜨고 있었지만 이름을 불러도 반응하지 않았다. 맥박은 있었으나 혈압이 잡히지 않았다. 곧바로 심정지가 왔다. 의료진이 심폐소생술 끝에 박동을 불러냈다.

심혈관내과에서 환자 초음파를 살핀 뒤
과로 올리자고 했다. 간호사가 약물 처치를
준비하는 사이 심장이 다시 멈췄다. 루카스의
힘을 빌릴 틈도 없었다. 하나 둘 셋 넷 다섯
여섯……. 환자 위에서 두 손에 힘을 실을
때마다 애진의 호흡에도 힘이 들어갔다.

생사는 단번에 결판나지 않았다. 멈추고
뛰기를 반복하는 심장들이 있었다. 멈추고,
뛰고, 또 멈췄던 그의 심장은 다행히도
다시 뛰어줬다. 숨이 돌아온 상태에서 담당
과로 인계한 뒤에야 애진도 숨을 돌렸다.
심혈관내과로 옮겨진 뒤에도 그의 숨이
유지되고 있는진 알지 못했다. 응급실로
줄줄이 실려 오는 환자들은 응급실에서 실려
나간 환자들의 예후를 좇을 겨를을 허락하지
않았다.

이야기의 예후는 자려고 누워서도 좇을 수

있다.

그가 혼자 사는 집이 아니라 길거리에서 쓰러져서 그나마 다행인지 모른다.

죽으면 그만이라지만 죽어도 끝나지 않는 죽음이 있다.

살이 썩어 없어져도 발견되지 않으면 죽음은 종결되지 않는다.

응급실에서 수많은 죽음을 마주하며 나는 아무도 모르는 고요한 죽음보다 의료진이라도 지켜보는 고통스러운 죽음이 나을 수도 있겠다는 생각을 하게 됐다.

침상으로 뛰어올라 두 손을 겹쳐 하나 둘 셋 넷 다섯 여섯을 세며 심장을 압박했을 때 의식 없는 그의 입에서 튀어나온 한마디를 들은 것도 같았다.

머리 풀어헤친 그 단어는 아마도 '엄마'였다.

응급실에선 사투가 일상이었다.

그날은 평소보다 적은 두 명의 심정지

환자가 응급실로 왔다. 환자의 많고 적음이
사투의 격렬함을 설명하는 것은 아니었다. 두
개의 심장 모두 보호자와 연락이 닿지 않았다.
연고 없는 두 개의 심장이 서로를 알았을 리도
없었다.

　60대 남자가 몇 시간 앞서 루카스에
누웠다. 루카스의 압박에도 심장은 반응하지
않았다. 그가 스스로 정지시킨 심장이라고
했다. 육안으로도 이미 사망했음을 알 수
있는 모습으로 남자는 병원에 왔다. 숨이
끊긴 뒤 시간도 꽤 지난 것 같았다. 얼굴색은
벌써 파랗게 변해 있었고 목에 남은 삭흔도
너무 진했다. 살아날 가망은 없어 보였지만
의료진은 시피알을 했다. 아무것도 하지
않고 생명을 포기하는 일은 그들의 역할이
아니었다.

　강제로 멈춘 심장이 실려 오는 일은
드물지 않았다. 자기 심장을 죽이는

사람들의 연령대는 특정하기 어려웠다.

죽음을 앞당기는 이유와 나이는 무관했다.

살아온 시간의 길이가 남은 시간의 길이를

설명하지도 못했다. 그 사실이 삶의 신비인지,

비극인지, 말해주기 싫은 비밀인지, 응급실

근무 기간이 늘어나도 판단할 능력이 생기진

않았다. 의료진에게 자살의 동기는 중요하지

않았다. 환자의 바람이 삶은 아니더라도

의료진이 그 바람을 들어줄 순 없었다.

　　멀리서 부는 바람만은 아니었다.

　　배에서 탈출한 친구들이 자해를 하거나

자살을 시도했다는 소식이 가끔 들려왔다.

스스로를 상처 입히거나 죽이는 일은

아픔으로 아픔을 견디는 행위라고 애진은

이해했다. 몸의 통증으로 마음의 고통을

잊으려는 친구들의 막다른 뜻은 살아남은

모두에게 있었다.

　　"안치실로 가시면 돼요."

남자의 시신이 응급실에서 나가고 얼마 되지 않아서였다. 당직 의사 신고로 출동한 경찰이 응급실로 찾아왔을 때 애진이 말했다. 스스로 선택한 죽음이었지만 변사체가 된 남자는 경찰의 조사를 거쳐야 죽음의 절차를 끝낼 수 있었다.

"특이 사항은 없었죠?"

과학수사대 셔츠를 입은 경찰이 안치실 쪽으로 몸을 돌리며 습관처럼 물었다. 경찰에게 알릴 만한 특별한 사항이 없어 애진은 남자에게 미안했다.

자연사는 아니지만 특별할 것도 없는 변사.

사람이 죽었지만 범인은 없는 살인.

그가 자살에 이르기까지의 과정은 알 수 없지만 자살 이후의 과정은 어렵지 않게 알 수 있다.

경찰은 최초 신고자에게 발견 경위를 물을 것이다.

필요할 땐 구급대원에게 이송 상황을 확인할 것이다.

타살 정황이 보이지 않으면 그는 간단하게 처리될 것이다.

경찰이 병원의 사망진단과 수사 결과를 정리해 검찰에 변사 발생을 통보할 것이다.

검찰은 부검으로 사인을 명확히 한 뒤 종결하라고 지휘 의견을 내릴 것이다.

동거 가족이 없다면 경찰은 연락이 닿는 가족을 찾아 처리 결과를 전달할 것이다.

가족을 찾을 수 없거나 오래전 관계를 단절한 가족이 시신 인수를 거부하면 자치단체에 시신 처리를 의뢰할 것이다.

경찰로부터 시체검안서와 검시필증 등을 전달받은 자치단체는 무연고 사망자 장례 기준에 따라 화장해 유택동산에 뿌릴 것이다.

가족이 파악되지 않는 사람이면 늦게라도 찾아올 경우를 고려해 무연고 납골당에 5년간

안치할 것이다.

삶을 혼자 감당해온 사람들의 죽음 이후를 알아본 적이 있다.

응급실을 나가 안치실로 옮겨진 뒤에도 아무도 보러 오지 않는 그들의 마지막이 궁금했다.

몇 번의 검색만으로도 파악할 수 있는 행정 업무들을 거쳐 그들은 가루가 돼 흩어졌다.

애도 없이 절차만 있는 죽음들이 있다.

그 죽음이 남긴 이야기는 해골처럼 앙상하다.

추모해줄 사람 한 명 없는 고인의 삶은 불태워 추리지 않아도 뼈밖에 없다.

차려진 적도 없는 그의 빈소에 국화 대신 시든 문장 몇 개를 놓는다.

삶 대신 죽음을 택한 책임을 혼자 짊어지지 마세요.

목도리를 넣어드리면 좋았겠다고 생각했어요.

따뜻했던 날들이 적지 않았길 기도합니다.

"도대체 언제까지 기다리라는 거예요?"

구토를 하는 환자 옆에서 보호자가 항의했다. 환자는 휠체어에 앉아서도 몸을 가누지 못하고 계속 어지러움을 호소했다. 나중에 도착한 환자가 먼저 의료진에게 인도되자 대기하던 보호자가 화를 냈다.

"조금만 더 기다려주세요. 응급 순서대로 안내해드릴 거예요."

애진이 이해를 구했다.

구급차로 실려 왔다고 해서 반드시 더 위급한 것은 아니었다. 구급대원들에게 환자를 인계받아 응급 정도에 따라 등급을 매기는 일도 애진의 역할이었다. 애진은 증상과 맥박, 산소포화도 등을 확인한 뒤 분류체계*에 따라 진료 순서를 부여했다.

---

* KTAS, 응급실에 찾아온 환자들의 진료 우선순위를 매기는 '한국형 응급환자 분류도구'.

1순위는 물론 심정지 환자들이었다. 멈춘 심장을 살리는 것보다 위급한 일은 없었다.

집단 시피알이 시행된 도로에서였다면 다른 판단을 내려야 한다는 사실도 애진은 잘 알았다. 응급실에서 최우선 순위인 심정지 환자가 대형 재난 현장에선 가장 후순위로 밀렸다. 애진이 현장에 있었더라도 심장이 멈춘 사람보다 심장이 멈추려는 사람에게 먼저 응급처치를 할 수밖에 없었다. 심장을 살리는 일은 때로 다른 심장을 포기해야 하는 차가운 일이었다.

동요 없이 심장의 순서를 매길 수 있는 날이 내게도 올까.

애진은 동요하는 자신의 심장에게 가끔 물어보곤 했다.

졸업 뒤 애진은 119 구급대가 아닌 병원에서 응급구조사 일을 시작했다. 구급대에서 일하려면 병원 경력 2년이

필요했다. 자격은 벌써 채웠지만 애진은
아직 병원에 있었다. 응급실에서의 상황별
대처 경험은 구급대원의 역할을 잘 수행하기
위해서도 필요한 배움이었다.

솔직히 겁이 나기도 했다.

그 바다를 겪은 뒤 초기 대응의
현장에 있겠다며 응급구조사가 됐지만
그 바다에서처럼 초기 대응을 잘못하면
어쩌나 하는 두려움이 애진을 따라다녔다.
병원에선 팀의 일원으로 판단하고 대처했지만
구급대원으로 현장에 도착하면 환자는 오직
애진의 몫이 될 수밖에 없었다. 두려움이
눈썹을 치켜뜰 때면 애진은 심호흡하듯
머릿속에서 어떤 장면을 그려보곤 했다.

전화가 다급하게 울린다.

사람이 숨을 못 쉬고 있다는 신고가
접수된다.

긴급 출동 지시가 떨어진다.

경동맥이 잡히지 않는 상태로 사람이 쓰러져 있다.

구급차에 태우자마자 심정지가 온다.

운전대를 잡은 대원이 가속페달을 밟는다.

애진이 침착하게 시피알을 한다.

환자의 가슴을 서른 번 압박하고 두 차례 인공호흡을 한다.

서른 번에 두 번, 서른 번에 두 번, 서른 번에 두 번을 반복하고 있을 때 병원에 도착한다.

응급실로 스트레처카를 밀고 들어간다.

연락받고 대기하던 의료진들이 달려 나온다.

환자를 인계받아 뛴다.

의사가 뛴다.

간호사들이 뛴다.

응급구조사도 뛰고 기계들도 따라 뛴다.

애진이 인계하기 전 환자의 숨은 이미

돌아와 있다.

응급실 앞에서 호흡을 고르고 있을 때
옛 동료가 땀으로 범벅이 된 애진의 어깨를
두드려준다.

그 장면이 현실이 될 날을 기다리며
애진은 병원 응급의료센터에서 데이 이브닝
나이트 3교대로 일했다.

출근하면 시피알룸을 돌며 부족한 의료
물품들부터 채웠다. 필요할 때 필요한 물품이
없으면 그 사소한 미비가 생명을 앗아 갈
수도 있었다. 루카스를 적용하고, 의사의
삽관을 돕고, 심장 리듬을 확인하고, 앰부백을
짜고, 전기충격마다 리듬의 변화를 살피고,
그렇게 환자를 살리면 해당 진료과와 협의 뒤
중환자실로 옮기고, 그래도 사망하면 환자의
마지막 모습을 정리한 뒤 보호자에게 알렸다.
날마다 이 절차를 되풀이하는 동안 어떤
사람은 구했고, 어떤 사람은 구하지 못했다.

구한 사람에게도, 구하지 못한 사람에게도,
기억돼야 할 이야기들은 있었다.

　시피알이 필요한 건 녹슨 배만이 아니다.

　"애진이가 먼저 해."
　구급반장이 아이겔*로 기도를 확보하며
지시했다.
　사람이 숨을 못 쉰다는 전화가 소방서 119
안전센터로 걸려 왔다. 구급차를 타고 도착한
곳은 애진의 집 근처 식당이었다. 50대 여성이
바닥에 쓰러져 있었다. 경동맥이 촉진되지
않는 위급한 상태였다.
　"훈련한 대로만 하면 돼."
　반장이 긴장한 애진을 독려했다.
　실제 상황에서 직접 하는 첫

---

* 　I-GEL, 일회용 후두 마스크.

시피알이었다. 소방서 실습 중이던 대학생 애진은 수없이 연습했던 시피알을 실행했다. 긴장이 손의 움직임을 흐트러뜨리지 않도록 세포들을 끌어모았다. 서른 번에 두 번, 서른 번에 두 번, 함께 출동한 대원과 번갈아가며 가슴을 누르고 숨을 불어 넣었다.

몇 차례의 압박과 몇 사람의 간절함이 멈춘 심장을 두드렸을지 가늠되지 않을 때쯤 여성의 의식이 돌아왔다. 병원으로 이송된 뒤 점차 안정을 찾았다. 배우자가 소방서로 찾아와 감사 인사를 전했다. 식당 주방에서 오래 일한 아내가 언제부턴가 가슴을 쓸어내리는 걸 보면서도 심장의 이상을 알아차리지 못한 자신이 원망스럽다고 했다.

그는 애진이 처음 살린 사람이었다. 그날 이후 식당 앞을 지나갈 때면 애진은 멈춰 서서 안쪽에 시선을 보내곤 했다. 그는 어떤 바다에서 출렁였기에 심장이 뛰길 포기했을까

생각했다. 심장이 회복될 때까지만이라도
그의 바다가 잔잔해주길 바랐다.

각자의 바다는 각자의 사연을 품고
있었지만 어느 바다에서든 상황을 정확하게
판단하고 신속하게 대처하는 일의 중요성을
애진은 실감했다. 정식 응급구조사가 되어
하루하루 그 실감을 쌓아갈 때마다 애진은
그렇지 못했던 그날의 바다를 원망했다.
응급한 순서대로 구조의 우선순위를 매기는
절차조차 친구들의 심장엔 주어지지 않았다.

가만히 두면 머지않아 그 바다의 기억까지
녹슬어 바스러질 수도 있다.

애진이 울음을 터뜨렸다.
바다에서 건져져 목포신항만에
유령선처럼 서 있는 배의 내부로 들어선
순간이었다. 배를 보러 가기로 했을 때만 해도

괜찮을 줄 알았다. 목포대교를 타고 섬으로 넘어가면서부터 심장이 요동쳤다. 멀리서 배가 모습을 드러내자 심정지 환자를 처음 봤을 때처럼 몸이 굳고 떨렸다. 애진이 알고 있던 배가 아니었다. 기억 속에서보다 훨씬 컸고 사진으로 본 것보다 훨씬 처참했다. 배는 거대한 고철 덩어리가 돼 있었다. 찢어진 선체에 철골 토막을 덧대 바느질하듯 기워놓은 부분도 보였다. 배에서 새들이 날아올랐다. 화상 환자의 피부처럼 벗겨진 철판들 틈에서 새들이 집을 짓고 알을 낳았다. 배는 심하게 훼손돼 그 바다를 새기고 있는데 배 뒤쪽으로 펼쳐진 바다는 너무 고요하고 잔잔했다.

　　배 안은 시뻘건 녹으로 울창했다. 지하에서 발굴한 고대의 유적지 같기도 했고, 포탄을 뒤집어쓰고 초토화된 폐허 같기도 했다. 한 걸음씩 내디딜 때마다 애진은 물밑으로 걸어 들어가는 기분이었다. 몸이 춥고 눈물이 차올랐다.

저 앞에 로비가 있었다.

탈출했던 객실이나 비상구는 구분하지 못했지만 중앙 로비만큼은 알아볼 수 있었다. 로비에 형태를 남겨준 바다가 로비를 가득 채웠던 웃음소리는 남겨두지 않았다. 애진의 귀엔 그 웃음 대신 부식된 바닥을 걷는 자신의 발소리와 가빠지는 숨소리만 가득했다.

참사 전날 밤 친구들은 그 로비에 모여 림보 게임을 했다. 여행의 설렘과 기대가 생일 폭죽처럼 터졌다. 게임하는 친구들을 바라보며 애진도 즐거웠다.

로비에서 민지와 민정을 만났을까.

만났을 테지만 기억은 없었다. 애진과 가장 가까운 친구들이었고 둘 다 중학교 때 친해졌다.

민지는 큰 키처럼 목소리도 높았다. 슬픈

일이 있을 때도 밝고 살가웠다. 항상 애진을
먼저 챙겼고 애진한테는 아끼는 것이 없었다.
학교를 마치면 둘은 대부분의 시간을 같이
보냈다. 일주일에 사흘은 애진의 집에서,
사흘은 민지 집에서, 공부하고 놀고 밥도
먹었다. 민지는 그림을 잘 그렸다. 화가나
의상 디자이너가 되고 싶어 했다.

　　민정은 무심한 듯하면서도 속이 깊었다.
한참을 말없이 있다가도 뜬금없는 말로
애진을 웃겼다. 애진에게 속상한 일이 있는
날엔 쉬는 시간에도 애진의 반으로 찾아와
옆에 앉아 있었다. 애진과 민정은 날마다
초등학교 앞 신호등에서 만나 같이 등교했다.
민정은 공부를 잘했다. 약사가 꿈이었다.

　　애진은 매일 아침 민정을 만났고 매일
저녁 민지를 만났다. 둘은 애진이 따로
사귄 친구들이었다. 민지와 민정은 애진과
친했지만 서로 친하진 않았다. 셋은 반도 모두

달랐다.

두 친구의 마지막이 어땠는지 애진은
알지 못했다. 서거차도에서 나온 뒤 병원에
있을 때였다. 친구들의 소식을 병원
텔레비전에서 접했다. 뉴스에서 띄운 사망자
명단에 둘의 이름이 있었다. 믿을 수 없어
울음도 나오지 않았다.

민지는 수학여행 직전에 피구를 하다
손가락을 다쳤다. 여행을 가야 할지 망설이는
민지를 애진은 "한 번뿐인 여행이니 같이
가자"며 설득했다. 애진은 이따금 예고 없이
찾아오는 무서운 질문으로부터 뒷걸음치다
넘어지곤 했다.

내가 조르지 않았다면 민지만이라도 살아
있을까.

로비에서 같이 찍은 사진이 민지
휴대폰에 있더라고 민지 아빠가 알려줬지만
애진에겐 그 사진을 찍은 기억조차 남아 있지

않았다.

　민지와 민정이 이 세상에 없다는 사실이
애진은 지금도 현실 같지 않았다. 그 사실을
인정하는 순간 거꾸로 현실감이 사라졌다.
현실과 현실 아닌 것들이 사실을 다투느라
서로를 비방하면 그 바다 이후의 모든 시간이
용서할 수 없는 거짓말처럼 뻔뻔해졌다. 보고
싶은데 연락할 방법을 찾을 수 없을 때 슬픔은
훅 하고 올라왔다.

　"야, 너희 좀 같이 나와주면 안 되냐."

　민지와 민정은 따로따로 애진의 꿈에
찾아왔다.

　"어디 있었어?"

　민정은 아무 말이 없었다.

　"그동안 어디 갔다 왔냐고?"

　민지도 대답 없이 웃기만 했다.

　이제 둘은 꿈으로도 잘 와주지 않았다.
잠들기 전에 일부러 문자를 보내놓기도

했지만 읽고도 돌려주지 않는 답을 기다리듯 실망한 채 눈뜨는 날이 많아졌다. 치사하다고 느낄 때마다 애진은 삐친 목소리로 친구들의 안부를 물었다.

너희들, 거기서 괜찮니?

너희 친해지게 만들려고 내가 진짜 얼마나 고생한 줄 아냐.

내 불평에 민지가 푸하하하 웃음을 터뜨리며 민정을 툭 친다.

민정이 피식 웃는다.

셋이 만나자고 하면 낯가리는 민정이 싫다고 할 것 같아 작전을 짰다.

민정에겐 졸업 기념으로 스티커 사진이나 찍자고 불러냈다.

민지가 작전을 거들었다.

따로 왔다가 우연히 만난 척하기로 했다.

짠 거 다 티 나.

똑똑한 민정이 무뚝뚝하게 말했다.

내가 가운데서 둘의 팔짱을 끼고 포토 부스 안으로 들어갔다.

이제 대학생 되면 바쁠 텐데 이렇게 한꺼번에 보면 시간도 절약되고.

민지와 민정이 동시에 나를 째려봤다.

찰칵.

아니, 만나는 시간도 두 배로 많아지고 얼마나 좋냐.

찰칵.

민지가 그럼요 그럼요 맞장구를 쳤고.

찰칵.

민정은 안경 뒤에서 눈을 대굴대굴 굴렸다.

찰칵.

성씨까지 같아 이름만 보면 친자매라고 해도 믿길 애들이 한동안 시선을 못 맞추고 데면데면하더니 이젠 내 시간이 안 맞으면 자기들끼리 만나서 밥도 먹고 영화도 봤다.

소개팅 시켜준 사람 빼고 둘이 놀면 재밌어?

우리 애진 선생님은 애기들 가르치느라 너무 바쁘시니까.

민지가 깔깔거린다.

민정도 자업자득이란 얼굴로 씩 웃는다.

유치원 교사 일이 얼마나 많은 줄 너희가 몰라서 그래.

그러니까 한가한 디자이너와 약사끼리 노는 거잖아.

민지가 메롱을 날리며 민정의 팔짱을 낀다.

비켜 비켜.

팔짱 풀어.

너네 그만 헤어져.

내가 기분 나쁜 티를 내며 둘 사이를 파고든다.

콜록콜록.

내가 기침을 하자 왼쪽에서 민지가 할머니처럼 혀를 찬다.

뭐야, 감기 아직도야?

민지가 자기 목도리를 풀어 내 목에 감아준다.

예쁘지?

잘 간직해.

머지않아 엄청 비싸질 테니까.

민지가 디자인한 목도리는 포근하고 따뜻하다.

콜록콜록.

오른쪽의 민정이 가방에서 감기약과 쌍화탕을 꺼내 내 앞에 놓는다.

이럴 줄 알고 약국에서 챙겨 온 거야.

쌍화탕 써서 싫은데.

좋은 말로 할 때 먹어.

민정이 무서운 표정을 웃기게 짓는다.

나는?

민지가 자기도 달라며 조른다.

나는 쌍화탕 좋아한다며 팔 벌리고 달려드는 민지를 민정이 징그럽다며 떼어낸다.

그랬다면.

배가 침몰하지 않고 제주에 닿았다면.

침몰했더라도 '전원 구조'가 오보가 아니었다면.

언젠가 우리에게도 이런 날이 왔을까.

그 사진.

우리 셋이 처음 같이 찍은 그 사진.

둘 사이에서 나 혼자 신났던 그날의 사진.

세상에 존재한 적 없는 그 사진 한 장이라도 내게 있었다면 이렇게까지 그립진 않았을까.

배에서 탈출할 때 '그 말' 한마디를 했더라면 나는 그 사진을 가질 수 있었을까.

나는 이렇게 응급구조사로 살지 않아도 됐을까.

"할아버지, 여기 어디예요?"

"여기가 어딘가?"

신장 투석 중 심정지가 온 할아버지였다.

"할아버지, 제 말 들리세요?"

응급실로 옮겨져 심폐소생술을 받았다.

"들리는 것 같은데."

심장이 위기를 넘기자 할아버지가 눈을

떴다.

"할아버지, 저 보이세요?"

일어나 애진의 질문에 답했다.

"보이는 것 같은데."

박동을 돌려받은 할아버지가 띄엄띄엄
말했다.

방금 전까지 심장이 멈춰 있던 환자가
의식도 제대로 돌아오지 않은 상태로 말을
하는 경우가 있었다. 드문 일이어서 애진도
신기해했다. 그때마다 애진은 환자의 머리가
아니라 심장이 말을 한다고 느꼈다. 되살아난
심장이 입 밖으로 밀어낸 첫마디는 그가
몸속 가장 깊은 곳에 숨겨온 진심일 거라고
생각했다. 가장 그리운 이름이거나, 가장
안타까운 후회이거나, 마지막으로 한 번 더
보고 오라며 죽음마저 그를 돌려보낼 만큼
애달픈 사람일 거라고.

"엄마."

"할아버지, 엄마 보고 싶으신가 보다."

삶으로 돌아온 할아버지가 반가워 애진은 짧은 대화를 나눴다.

"딸."

"따님이요? 연락해드릴까요?"

"손녀."

"손녀 걱정되세요?"

그의 심장이 진심을 툭툭 뱉었다. 대화인지 독백인지도 분명치 않았다. 토막 난 진심들이 연결되지 못하고 둥둥 떠다녔다.

"불쌍한."

할아버지의 호흡이 가빠졌다.

"내 새끼들."

의사가 산소호흡기를 씌웠다.

"엄마."

소풍을 다녀온 손녀가 할머니 손을 잡고 빈소로 들어온다.

빈소를 지키고 있던 할아버지가 불편한 다리로 무릎을 꿇고 손녀를 껴안는다.

찾아도 찾을 수 없던 엄마를 손녀는 할아버지 어깨 너머에서 본다.

엄마가 왜 사진 속에 있는지 이해하지 못해 엄마를 부르며 운다.

소풍 전날 엄마가 사준 새 신발을 가슴에 안고 운다.

딸을 잃은 할아버지가 엄마 잃은 손녀를 가슴에 안고 운다.

"불쌍한 내 새끼들."

병아리색 귀여운 가방이 손녀의 자그마한 등에 공룡처럼 업혀 있다.

등을 받쳐줄 거라 믿었던 것들이 실제로는 등에 업혀 자기 덩치만 불려왔음을 알았을 때 할아버지의 딸은 이미 그 무게에 눌려 납작한 사진 한 장이 돼 있었다.

건강하게 자랐다면 할아버지 손녀만 한 나이가 됐을 아기가 있었다.

만삭인 40대 중국인 여성이 택시를 타고 응급실에 왔다. 대부분의 병원이 휴진 중인 일요일 오후였다. 진통이 극심한데도 아이 아빠는 곁에 없었다. 보호자가 응급실로 오고 있는지도 알 수 없었고, 아이 아빠와 보호자가 동일인인지도 분명치 않았다.

애진이 일하는 병원은 산과 진료를 하지 않았다. 별도의 신생아 중환자실도 없었다. 예기치 않은 방식으로 아기가 나오면 감염 위험에 노출될 수 있었다. 신생아 중환자실이 있는 병원으로 보내야 했지만 산모 혼자 이동은 불가능했다. 119 구급차는 병원 간 이송을 하지 않아 애진이 사설 구급차를 불렀다. 산모만 보낼 수 없어 동료 간호사와 구급차에 올랐다.

산모가 진통으로 비명을 질렀다.

"참으셔야 해요."

간호사가 산모를 보살폈고 애진이 아기의
움직임을 살폈다. 구급차 안에서 출산이라도
하면 큰일이었다. 애진뿐 아니라 간호사도
산과 경험이 없었다.

"조금만요. 거의 다 왔어요."

애진이 산모의 다리 밑에 멸균 포를
깔았다. "우리 서두르지 말자"며 배 속
아기에게 협조를 구하자마자 양수가 터졌다.

"안 돼. 제발요."

애진이 아기와 산모에게 한꺼번에
애원했다. 병원 도착을 얼마 안 남기고 아기가
기어이 머리를 내밀었다. 콩알만 한 눈 코
입을 달고 새빨간 얼굴이 서둘러 세상을 보려
했다. 아찔했다.

"엄마."

방금 엄마가 된 산모 앞에서 애진이
엄마를 찾았다.

"애진아 정신 바짝 차려."

간호사 언니의 목소리가 높아졌다.

애진이 멸균 장갑을 낀 손으로 아기를 받았다. 애진의 간청을 들어주지 못해 미안해서인지 일단 나오기 시작한 아기는 애태우지 않고 순하게 나왔다.

"조심해."

긴장이 풀리려던 순간 간호사 언니가 주의를 줬다. 탯줄이 아기 목을 감고 있었다. 아기가 질식이라도 하면 구급차 안에서 신생아 시피알을 해야 했다. 탯줄을 조심해서 풀고 겸자로 눌러 출혈을 막았다.

아앙.

애진이 아기를 울렸다. 구급차가 병원에 닿았을 때 씩씩한 울음소리가 새 생명의 탄생을 알렸다.

이렇게 오는구나.

생명이 떠나는 장면에 익숙했던 애진에게

생명이 세상에 오는 장면은 경이로웠다. 작고 따뜻한 몸을 받쳐 든 애진이 손가락 하나를 아기의 가슴에 가만히 댔다. 이제 막 세상에 온 심장이 팔딱팔딱 뛰고 있었다. 살아 있는 생명체의 박동이 그때처럼 선명하게 감각된 적은 없었다. 신생아실로 옮겨지는 아기를 바라보며 응급구조사 애진은 앞으로 오랫동안 아기와 재회하지 않길 기도했다.

아이가 좋아 유치원 교사를 꿈꿨던 나는 이제 아이들이 만나지 않을수록 좋은 사람이 돼 있다.

아이에게 그런 사람인 것이 나는 섭섭하지 않다.

언젠가 유치원에서 만났다면 좋았을 아이를 구급차 안에서 성급하게 만나게 한 바다가 미울 뿐이다.

심장을 살려낸 사람이든 살리지 못한

사람이든 안부가 궁금할 때면 애진은 이야기를 떠올렸다. 환자들이 응급실에 머문 시간보다 그들의 이야기가 애진에게 머무는 시간이 길었다.

"레벨 원[*]이요."

119의 연락을 받은 간호사가 알렸다.

"폴다운[**]이래요."

의료진이 환자 맞을 준비를 하는 동안 애진이 응급실 앞에서 구급차를 기다렸다.

"23층"이라고 했다. 23층짜리 건물에서 추락했다는 것인지 23층에서 추락했다는 것인지는 확실치 않았다. 환자는 신체가 심하게 손상된 채로 응급실에 도착했다. 그를 인계하면서 구급대원은 "벽에 매달려 누수를 고치던 중 떨어진 것 같다"고 했다. 애진과

[*] 심정지나 중증외상 환자.

[**] 추락.

동료들이 시피알을 했지만 결국 사망했다.

그의 죽음을 뉴스에서 찾지 못했다.

이른 새벽 그가 눈을 뜬다.

알람이 울리기 전에 깨어나 알람을 해제한다.

아내의 배에 귀를 대고 소리를 듣는다.

만날 날이 가까워오는 아이에게 인사를 건넨다.

아내의 잠을 방해하지 않으려고 조심해서

침대를 빠져나온다.

세수를 하고 점심 도시락을 싼다.

신발을 신다 말고 되돌아가 방문을 조용히

연다.

아내의 기운을 살핀다.

아내의 진통 주기가 의사의 예상보다 짧아지고

있다.

이불을 가지런히 덮어주고 집을 나선다.

새벽이 가시지 않은 거리가 푸르스름하다.

깊은 잠을 자지 못해 피곤하다.

몇 걸음 걷다 멈춰 서서 목이 해진 작업화의 끈을 푼다.

바짝 잡아당긴 뒤 발바닥으로 땅을 차본다.

끈을 한 번 더 당겨 단단하게 묶는다.

검은 물감처럼 진하게 탄 커피를 가방에서 꺼낸다.

입으로 쏟아부으며 일터로 간다.

응급구조사는 사건 이후를 수습하는 사람이지만 애진은 사건이 발생한 원인에도 신경이 쓰였다. 응급실로 이송돼 오는 몸들에선 그들의 노동환경이 읽힐 때가 있었다. 최소한 2인 1조로 작업한다는 규정은 지켜졌는지 궁금했다. 사람마다 목숨값이 다르다는 사실을 애진은 구급차가 도착할 때마다 확인했다.

사랑스러운 아내의 남편이자 곧 태어날 아기의

예비 아빠라니.

너무 전형적이다.

그는 혼자 어린 딸을 키우는 것으로 한다.

새벽 일찍 일어나 김밥을 싼다.

아내가 있을 때 배워두지 못한 일들이 밀린
숙제처럼 한꺼번에 들이닥친다.

딸이 다니는 어린이집에서 소풍을 가는 날이다.

딸이 먹을 김밥만큼은 직접 싸주고 싶다.

미리 연습한 보람도 없이 김밥은 단단하게
말려주지 않는다.

배 터진 김밥에 실망하는 딸을 달래며 부모님
집으로 간다.

오른쪽 신발 뒤축이 닳아 걷기가 불편하다.

위험한 작업에 함께하며 오랫동안 그를
지탱해준 신발이다.

미리 나와 기다리는 할머니를 보고 딸아이가
뛰어간다.

아이의 발에 새 신발이 신겨 있다.

전날 사 온 신발을 딸이 싫어하지 않고 신어줘서 다행이다.

소풍에 필요한 것들을 보태 어린이집으로 데려다달라고 어머니에게 부탁한다.

깊은 잠을 자지 못해 피곤하다.

카페에서 검은 물감 같은 커피를 주문한다.

입으로 쏟아부으며 일터로 간다.

음식물 운반용 엘리베이터를 수리하다 심정지가 온 사람이 있었다. 엘리베이터에 몸이 끼었다고 했다. 응급센터에 도착했을 땐 이미 사망한 뒤였다. 발견되기까지 시간이 걸린 것으로 볼 때 혼자 작업하다 사고를 당했을 것이라고 애진은 짐작했다. 둘이서 했다면 곧바로 이송돼 목숨은 건졌을 수도 있었다. 우리 사회를 떠받치는 사람들이 어떤 위험에 노출돼 있는지를 애진은 응급하게 실려 오는 몸들로부터 배우고 있었다. 그의 죽음도 뉴스가 되지 않았다.

　그는 수없이 많은 사람이다.

　인천 동구의 공장에서 천장 배관 누수를 고치던

그는 천장재가 파손되자 14층 아래로 떨어져

사망했다.•

　경기 고양의 요양병원에서 증축 공사를 하던

그는 5층에서 철근 묶음을 붙잡다 철근과 함께

떨어져 사망했다.••

　경남 거제의 조선소에서 사다리차를 타고

야간작업을 하던 그는 기계 반동에 튕겨 나가며

23미터 아래로 떨어져 사망했다.•••

　충남 보령시의 발전소에서 낙탄을 청소하던

그는 석탄 하역장을 치우다 15미터 아래로 떨어져

• 2021년 1월 7일.
•• 2022년 5월 14일.
••• 2023년 3월 23일.

사망했다.•

　부산 북구의 아파트에서 페인트칠을 하던
동료가 추락사한 뒤 두 달 만에 같은 업체 노동자인
그가 같은 아파트에서 같은 작업을 하다 떨어져
사망했다.••

　그는 수없이 많은 사람이다.

　경기 수원의 식당에서 음식물 운반용
엘리베이터로 식재료를 내리던 그가 통로에 목이
끼어 사망했다.•••

　경북 포항의 철강 공장에서 구내식당으로
식자재를 옮기던 그가 고장을 일으킨 엘리베이터에
끼어 사망했다.••••

　경기 남양주의 대형마트에서 에스컬레이터를

• 　2023년 2월 9일.
•• 　2022년 10월 27일.
••• 　2023년 2월 28일.
•••• 2021년 1월 4일.

점검하던 그가 층과 층 사이에 몸이 끼어 사망했다.*

광주 광산구의 폐자재 처리 공장에서 파쇄기에 걸린 폐기물을 제거하던 그가 기계에 빨려 들어가 사망했다.**

경기 평택의 제빵 공장에서 샌드위치 속재료를 혼합하던 그가 혼합기에 빨려 들어가 사망했다.***

그는 수없이 많은 사람이어서 없는 사람이다.

검색 한 번에 그의 죽음이 주르륵 쏟아진다.

그는 전혀 검색되지 않거나 너무 많이 검색되는 사람이다.

그의 죽음은 뉴스가 되지 않거나 너무 흔한 뉴스여서 뉴스가 아니다.

어떤 이야기들은 상상을 허락하지 않는다.

너무 똑같은 이야기들이 너무 빽빽이 널려 있어

---

* 2018년 3월 28일.
** 2020년 5월 22일.
*** 2022년 10월 15일.

상상조차 끼어들 틈이 없다.

시계에 분초가 쌓일 때마다 검색 결과에 새 죽음이 쌓인다.

서울 서대문구의 아파트에서 고장 난 엘리베이터를 고치던 그가 '혼자 하기 힘드니 도와달라'는 문자를 동료에게 보낸 직후 20미터 아래로 떨어져 사망했다.[*]

서울 관악구의 건설 현장에서 미장일을 하던 아버지가 추락 사망한 지 20년 만에 전남 영암의 조선소 하청업체에서 선체에 부착된 선반을 용접기로 떼어내던 아들이 추락해 사망했다.[**]

낡은 신발 한 짝.

시피알로도 살리지 못한 환자가 안치실로 옮겨 간 자리에 주인을 따라가지 못한 신발

[*]   2023년 6월 23일.
[**] 2023년 7월 10일.

한 짝이 쓰러져 있었다. 목이 해지고 뒤축이
닳아 평평해진 작업화였다. 구급차에 실려
오다 떨어졌는지 다른 짝은 찾을 수 없었다.
사고 현장에 홀로 남아 돌아오지 않는 주인을
기다리고 있을지도 모를 일이었다.

혼자가 된 신발을 볼 때마다 애진의
머릿속을 비집고 들어오는 장면이 있었다.

신발들이 바닥에 수북이 쌓여 있었다.
침몰한 배에서 흘러나와 먼바다에서
수거됐거나 파도에 쓸려 해안으로 밀려온
신발들이었다. 신발이었던 시절이 있었다고
주장할 수 없을 만큼 물살에 낱낱이 해체돼
헝겊 뭉텅이가 된 신발도 있었다. 빨아도
빠지지 않는 펄 알갱이들이 신발들 틈마다
달라붙어 그날의 흔적을 품고 있었다.

한 짝들의 무더기였다.

생사가 나뉜 친구들의 신발이 주인의
생사를 모른 채 신발 더미를 이루고 있었다.

짝과 헤어져 외따로 건져졌거나 둘 다
건져졌지만 짝을 찾지 못한 신발들이 유류품
분류 중이던 군청 지하 강당에 즐비했다.

그 신발들을 사진으로 봤을 때 애진은
기겁했다. 친구들의 서로 다른 얼굴이 하나로
뭉쳐진 것 같았다. 삼선 슬리퍼들이 특히
그랬다. 고등학생이면 누구나 신는 세 줄짜리
슬리퍼가 익명의 덩어리로 쌓여 있었다.
켤레로 나란히 있어도 짝을 구분하지 못할
슬리퍼들 사이에서 밑창 닳도록 뛰어다니던
친구들의 이야기는 평평해져버렸다.

애진은 사람들을 층층으로 포개버린
도시의 골목에서 그 신발 더미를 다시 봤다.

응급실에서 뉴스로 집단 시피알을 목격한
뒤 애진은 밤샘 근무 중 틈날 때마다 현장
소식을 찾아봤다. 그 골목에서 주인과 헤어진
신발들이 쓰레기 사이에 흩뿌려져 있었다.
누군가의 발에 밟혀 흙투성이가 된 운동화와

누군가의 몸에 눌려 납작해진 구두들이
그곳에서 무슨 일이 있었는지 투명하게
증언했다.

　어느 시대 어떤 참사에서든 짝 잃은
신발들은 참혹했던 순간을 폭로하는 대표적인
유류품이었다. 각자의 이야기들을 지워
구별할 수 없는 무더기로 만드는 것이 참사의
속셈이란 생각을 애진은 그 신발들을 보며
하게 됐다.

　상상으로도 묘사할 수 없는 현실이 널려
있지만.

　규정이 무시됐을 때 가장 약한
생명들부터 희생되는 현실은 바다든
지상이든 고공이든 다르지 않았다. 그 현실은

'히스토리 테이킹'*만으론 파악되지 않았다.
직접 내원인지 119 이송인지 적고, 질병인지
외상인지 전달받고, 발병 또는 신고 일시를
확인하고, 활력징후**를 차례로 측정하고,
목격자의 목격담을 꼼꼼히 기록해도, 그
정보들만으로는 알 수 없는 이야기들이
있었다.

뭉쳐진 얼굴들을 각자의 것으로 되돌리려면.

심장이 멈췄다고 그들의 이야기까지
멈춰야 하는 것은 아니었다. 살린 사람들의
이야기보다 살리지 못한 사람들의 이야기가
애진은 더 궁금했다. 기억하고 싶어도 기억할
정보가 부족한 사람들은 상상이라도 해주지

•   history taking, 문진.
••   vital signs, 체온, 맥박, 호흡, 혈압 등을 총칭.

않으면 기억에서조차 너무 빨리 지워졌다.

누락된 이야기들을 상상하길 포기해서는 안
된다.

심장을 되살리진 못하더라도 심장을
멈추게 한 상황과 그가 살아온 '스토리'를
상상할 순 있다고 애진은 믿었다. 지하철역
승강장에서 혼자 스크린도어를 수리하다
열차와 도어 사이에 끼어 사망한 청년
노동자의 삶을 애진은 가끔 상상했다.
화력발전소에서 혼자 낙탄을 치우다 석탄
이송용 컨베이어 벨트에 끼어 숨진 비정규직
청년의 마지막 순간을 상상했다. 정규직이
되는 날을 기다리며 힘든 노동을 견뎌온
'부서진 몸들'이 버려지듯 구급차에 실려야
했던 수많은 순간들을 상상했다.

구조되지 못한 몸들에겐 여전히 이야기가
부족하다.

애진은 죽음에 무뎌질까 봐 두려웠다.

죽음을 일상으로 대하는 직업이었다. 오래
일하려면 슬픔에도 굳은살이 맺혀야 했지만
죽음을 보고도 평정을 유지하는 사람은
되기 싫었다. 하나를 택해야 한다면 죽음에
무감각해지기보다 매번 처음 대하는 것처럼
마음이 요동치는 쪽에 서고 싶었다. 죽음에서
탈출해서 그 죽음의 되풀이를 막으려고
응급구조사가 됐다는 사실을 애진은 잊지
않았다.

애진이 대학생 때 스킨스쿠버 자격증을
따려고 연습하던 날이었다.

슈트와 오리발과 물안경을 착용하고
건너편까지 수영해서 갔다 오는 훈련을
하고 있었다. 한참 헤엄치던 애진이 물 밑을

내려다봤다.

깊고 깜깜했다.

애진은 수영을 멈추고 되돌아와 울었다.

불을 끈 방에 혼자 있어도 애진은 무섭지
않았다. 바다만 떠올려도 몸이 굳는 친구들도
있었지만 바닷가에 가도 애진은 크게 겁나지
않았다.

그 바다가 깜깜할 때 애진은 무서웠다.
영화를 보다가도 깜깜한 바다가 나오면
울음이 터지고 가슴이 답답해졌다.

깊고, 깜깜한, 바다.

그 이미지 뒤에 애진의 트라우마가 숨어
있었다.

구조되지 못해 잘려 나간 나의 이야기가 있다.

그때도 기억이 끊겼었다.

머리 위로 가 있는 출입구를 빠져나가기

직전이었다. 정신을 차렸을 때 애진은
캐비닛 위에 서 있었다. 전기가 나간 객실은
깜깜했다. 주위엔 아무도 없었다. 캐비닛
상단까지 물이 빠르게 기어 올라오고 있었다.

깊고, 깜깜한, 바다.

애진은 그 바다로 둘러싸인 작고 좁은
섬에 혼자 갇혀 있는 공포를 느꼈다.

공포는 그럴 때 왔다.

정신이 돌아온 순간 이해할 수 없는
상황에 놓인 자신을 발견했을 때, 누구도 무슨
상황인지 납득할 만한 설명을 해주지 않을
때, 삶과 죽음을 결정하는 것이 오직 운이란
사실을 깨달았을 때, 구조되지 못한 것이
구조되지 못한 사람의 잘못으로 돌려졌을 때,
구조하지 못한 책임을 물을 방법이 구조되지
못한 사람들에게 주어지지 않을 때, 그곳이
어디든 깊고 깜깜한 바다는 사람들을 작고
좁은 섬에 혼자 몰아넣어 가뒀다. 축제를

즐기다 그 골목으로 떠밀려 들어간 사람들이
서로의 몸에 깔려 기억이 끊기던 순간, 그들도
깊고, 깜깜한, 바다, 그 한가운데 혼자 있었을
것이다.

끊기고 잘려 나간 내 기억 어딘가에
민지와 민정이 있는 건 아닐까.

왜 하필 네 잃어버린 기억 안에 우리가
있는 거냐며 나를 원망하고 있진 않을까.

애진은 사라진 기억을 애써 떠올리려 할
때마다 기억하지 못하는 것들로 속이 탔다.

수북한 슬리퍼들 사이에 민지와 민정의
것도 있진 않았을까.

건져졌으면서도 덩어리로 뭉쳐져
건져지지 않은 것이나 마찬가지가 돼버린 건
아닐까.

나이트 근무를 마치고 응급실 밖으로
나온 애진이 손으로 뻑뻑한 눈을 비볐다.
언제나처럼 화창한 날이었다. 바다만큼 깊고

푸른 하늘은 눈물 한 방울 떨어뜨리지 않았다.

그만하라고 해도 그만할 수 없는 이유는 그것이
심장의 이야기이기 때문이다.

심장을 살리는 일을 하게 된 뒤로
애진에겐 전에 없던 습관이 생겼다. 아무것도
하기 싫을 만큼 지치거나 무엇을 해야 할지
몰라 마음이 산란할 때면 스마트폰으로
온라인 사전을 열었다. 그 단어들을 찾아
띄워놓고 가만히 쳐다보곤 했다. 단어의
중심이면서도 뜻풀이에선 소외된 글자 하나를
안쓰럽게 바라봤다.

마음 심(心).

그러니까 심장(心臟)은 마음을 담은
장기였다.

그러니까 심정지(心停止)는 마음이 멈춘
상태였다.

마음을 써야 할 것들에 마음 다하는 일을 그만두면, 자기 마음에 맞지 않다고 타인의 마음을 찌르면, 장기는 뛰어도 마음은 박동을 멈춘다. 코는 숨을 쉬어도 마음은 숨 쉬지 않는다.

그러니까 모든 일은 심장이 마음을 쫓아낸 뒤부터 시작됐는지도 모른다.

그래서 경주 차의 엔진처럼 심장을 부르릉 땅땅거리면서도 마음 없는 자율주행 기계처럼 정해진 목적지만 향해 달리는지 모른다. 그래서 마음 없는 사람들이 정체를 숨기고 '우리' 속에 섞여 들어 없는 마음을 다해 우리와 '남'을 분리하려는지도 모른다. 그래서 타인을 상상할수록 무거워지는 마음을 성가신 충수돌기처럼 떼어낸 사람들이 자기 자신으로 꽉 채운 심장이 흘러넘칠 때마다 혐오를 쏘아대는지도 모른다. 심장은 시피알로 살려낼 수 있지만 절개된 마음은

시피알로도 다시 뛰게 할 수 없음을 심장을
구조하는 애진은 그 글자를 보며 새겼다.

　기억을 잘라내려는 것들과 싸우지 않으면
기억을 지켜낼 수 없다.

　살릴 가망이 없어도 함부로 시피알을
그만두진 않았다.

　5분만 해봐도 소생 가능성이 없다는
판단이 들 때가 있었다. 박동을 되돌릴 수
없다는 걸 알면서도 되돌릴 수 있는 마지막
방법이므로 멈출 수 없었다. 응급실로 달려온
가족들이 기적을 고대하고 있을 땐 특히
그랬다. 반시간이 지나도 심장이 다시 뛸
의지를 보여주지 않으면 의사는 보호자의
동의를 얻어 시피알을 멈췄다. 신원이
파악되지 않고 보호자를 찾을 수 없는 환자라
해도 사망 선고를 내리기까지 30분은 심장을

놓지 않았다.

잊지 않고 기억하겠습니다.

참사가 발생한 골목으로부터 한 정거장 떨어진 합동 분향소에서 애진은 약속했다.

영정 액자에 뒤늦게 채워진 얼굴들을 보며 8년 전 영정 속 친구들의 얼굴을 생각했다. 분향소를 지키며 눈물 흘리는 희생자 부모들을 볼 때면 오랜 시간 광화문 분향소를 지키며 울음을 삼키던 친구들의 부모님을 생각했다. 시피알로도 살리지 못했다는 말에 주저앉아 오열하는 보호자들을 볼 때마다 그 바다와 그 골목에서 자식들을 잃고 목 놓아 울던 얼굴들이 겹쳤다. 애진은 그 골목에서 숨이 멈춰버린 자신과 같은 이름의 또래 희생자를 생각했다. 그 골목에서 끝나버린 그의 이야기와 참사가 아니었다면 계속됐을 그의 이야기들을 상상했다.

그 배에도 친구 민지 민정과 성까지

똑같은 다른 민지와 민정이 있었다. 그들도
희생자가 됐고 다른 민지는 애진과도 같은
반이었다. 서로를 의식하지 못하고 살았던
애진과 애진, 민지와 민지, 민정과 민정은
그렇게라도 연결돼 있었다는 사실을 참사
뒤에야 알게 됐다. 그 이름들 중 살아남아
이름과 이름을 연결 지은 사람은 응급구조사
애진뿐이었다.

잊지 않겠다는 약속은 말로만 지켜지는
것이 아니었다. 잊지 않으려면 지겹다며
그만두는 대신 끊임없이 이야기를 생산해야
했다. 기억할 새로운 이야기들로 채워가야
했다.

그 이름들의 이야기는 이제 내 몫이다.

"아니야."
30분 넘는 심폐소생술에도 숨이 돌아오지

않은 할머니가 있었다. 응급실에 도착했을
때부터 출혈이 심했다. 의사가 가족들에게
환자 상태를 알리고 시피알을 중단했다.
의사가 시계를 보며 사망 선고를 했다. 끝내
막지 못한 죽음 앞에서 의료진들은 무거운
마음으로 말을 삼켰다. 애진이 응급실 밖으로
나왔을 때 유족들은 문 앞을 떠나지 못한 채
울고 있었다. 옆을 지나치던 애진은 흐느끼는
고등학생 딸을 달래며 엄마가 하는 말을
들었다.

"네 잘못이 아니야."

전날 할아버지가 세상을 떠났다. 치매를
앓던 할머니는 남편의 빈소에 가지 못하고
집에 머물렀다. 혼자 둘 수 없는 할머니를
손녀가 집에 남아 돌봤다. 학교 숙제를 하던
손녀가 할머니를 살피러 갔을 때 방 안이
피로 가득했다. 피부에 달아둔 인공 혈관을
할머니가 뽑으면서 대량 출혈이 발생했다.

손녀는 할머니의 죽음에 자책했다. 딸을
달래느라 그 역시 딸인 엄마는 이틀 사이
부모를 모두 잃은 슬픔을 내색하지 못했다.

자신의 것이 아닌 죄책감으로 고통받는
사람들이 있었다.

그 골목에서 살아남았으나 한 달 보름
만에 스스로 목숨을 끊은 고등학생의 마음을
애진은 알 것 같았다. 가위에 눌렸을 것이고,
몸이 굳고 떨렸을 것이고, 깊고 깜깜한 바다에
혼자 갇혀 있다고 느꼈을 것이다.

살아남은 사람에겐 죄책감이 있었다.

애진과 생존자들은 '그 배에서 나만 살아
나왔다'는 죄책감에 오래 시달렸다. 장례 이후
친구들의 부모님을 처음 대면했을 때 애진은
고개를 들지 못했다. 죽지 않은 것이 죄인
것 같아 "죄송하다"는 말밖에 하지 못했다.
그때도 친구들의 엄마 아빠는 애진의 어깨를
감싸 안으며 말했다.

"네 탓이 아니야. 살아줘서 고마워."

그리움조차 죄책감과 구별되지 않았다.
민지 민정과 즐거웠던 기억을 떠올린 뒤엔
어김없이 미안했던 기억들이 따라 나왔다.
용서받을 기회를 잃은 죄처럼 오랫동안
애진을 괴롭혔다. 구하지 못한 책임자들과
국가·사회가 가져야 할 그 감정을 구조되지
못해 스스로 탈출한 사람들이 짊어져 왔다. 그
죄책감으로 애진은 수없이 상상했다.

상상은 내게도 필요하다.

응급구조사 애진이 시간을 건너 2014년
4월 16일의 그 배로 돌아간다.
깜깜한 객실에서 캐비닛을 밟고 머리
위의 출입구를 빠져나간다.
비상구를 향해 복도를 통과한다.
친구들을 지나치다 말고 뒤를 돌아본다.

"애들아."

'그 말'을 한다.

"나가자."

그날 배의 복도에서 하지 못해 오래 자책했던 그 말을 한다.

"같이 나가자."

어른들이 한마디만 해줬어도 친구들이 배와 함께 가라앉진 않았을 그 말을 한다.

"가만히 있지 말고 나랑 같이 나가자."

여러 얼굴들이 애진을 쳐다본다.

민지.

민정.

다른 민지.

다른 민정.

더 친했거나 덜 친했던 친구들.

이름만 알거나 이름도 모르는 학교 친구들.

설렘과 기대로 들뜬 핼러윈 복장의

청년들.

죽음을 예고하듯 꿈에 나타났던 첫
시피알 환자.

목에 짙은 삭흔을 새긴 채 실려 왔던 파란
낯빛의 남자.

벽에 매달려 보수 공사 중 추락해 으깨진
노동자.

엘리베이터를 고치다 끼여 사망한 수리
기사.

너무 똑같이 죽어서 죽음조차 구별되지
않는 사람들.

얼굴과 얼굴들이 한 덩어리로 뭉쳐지려
할 때 애진이 소리친다.

"구하러 오기를."

그 말을 하는 데 슈퍼히어로가 될 필요는
없다.

"기다리지 말고."

그 말을 하는 데는 응급구조 능력도

필요하지 않다.

"우리 같이 탈출하자."

애진이 말을 마치자마자 배로부터
멀어진다.

코드.

현재가 힘을 다해 애진을 잡아당긴다.

블루.

병원으로 되돌아온 애진이 뛴다.

"코드 블루!"•

부디 모두 배에서 빠져나왔길 간절히
바라며 정신없이 뛴다.

구하러 오길 기다리는 심장들에게로
응급구조사 애진이 뛴다.

•   code blue, 병원 내 심정지 환자 발생을 알리는 의료 용어.

작가의 말

소설보다 소설 같은 이야기를 현실에서
만날 때마다 현실의 사건을 쓰는 일이 직업인
나는 혼란에 빠진다. 소설을 비웃는 현실을
따라다니다 보면 현실을 쓰는 것과 허구를
쓰는 것의 경계가 구분되지 않는다. 그 경계를
지우거나 경계 자체가 무의미한 세계를
파고들수록 현실을 과장하지 말고 차라리
소설을 쓰라는 비아냥을 듣는다. 그 비난들
가운데는 현실이 아니라 차라리 소설이길
바라는 마음들도 섞여 있을 것이라고 주눅 든
나는 변명한다. 현실은 소설과 거리를 두려

하지만 소설이 현실을 거부하면 소설보다
소설 같은 현실은 숨을 쉴 수 없다. 작은
이야기(小說)들의 심장이 계속 뛰어주는
한 기억도 박동을 멈추지 않을 것이다.
그러므로 골든타임은 바로 지금! 희박해지는
이야기들에 두 손을 포개 올리고 하나, 둘, 셋.

그날 그 바다로부터 10년

2024년 4월에

이문영

한 조각의 문학, 위픽 (wefic)

위픽은 위즈덤하우스의 단편소설 시리즈입니다.
'단 한 편의 이야기'를 깊게 호흡하는
특별한 경험을 선사합니다.

이 작은 조각이 당신의 세계를 넓혀줄
새로운 한 조각이 되기를.
작은 조각 하나하나가 모여
당신의 이야기가 되기를.

당신의 가슴에 깊이 새겨질
한 조각의 문학, 위픽

위픽 뉴스레터 구독하기
인스타그램 @wefic_book

- 52

루카스

초판 1쇄 인쇄 2024년 6월 21일
초판 1쇄 발행 2024년 7월 10일

지은이 이문영
펴낸이 최순영

출판2 본부장 박태근
스토리 독자 팀장 김소연
편집 곽선희 김해지 이은정 조은혜
디자인 이세호

펴낸곳 ㈜위즈덤하우스 **출판등록** 2000년 5월 23일 제13-1071호
주소 서울특별시 마포구 양화로 19 합정오피스빌딩 17층
전화 02) 2179-5600 **홈페이지** www.wisdomhouse.co.kr

ⓒ 이문영, 2024

ISBN 979-11-7171-702-6 04810
       979-11-6812-700-5 (세트)

값 13,000원

이 책의 인세 절반은 응급구조사 장애진의 이름으로
(사)4.16세월호참사가족협의회에 기부됩니다.